JN122775

歌集

風と樹と

Ⅱ

石川なおおき

六花書林

風と樹とⅡ＊目次

平成五年（一九九三）

平成六年（一九九四）

平成七年（一九九五）

装幀　真田幸治

風と樹と II

北千住の町

東京都足立区

平成五年（一九九三）

北千住の町はやたらに路地が多い　路地に入れば洗湯がある

北千住界隈もよく歩いたらしい　荷風日記に探す千住の文字

新配本の荷風全集を待っている　次回は駒代
姐さんがくる

北千住に移って五年　下町の地図を探る荷風
を探る

下町に移って荷風が身近になった　ここの角
荷風は曲っていった

沈丁花

降りしきる雪にうなだれている沈丁花　いつまで堪えられる

沈丁花の蕾が赤くふくらんできた　容赦のない雪の重さだ

沈丁花の枝がかすかに揺れながらうなだれて
ゆく　したたかな雪

払っても払っても性懲りのない雪だから　沈
丁花は雪の下敷き

自力で雪を払いのけた樹の枝は　小刻みに身
体をゆすっている

積もりに積もった雪ふり払う樹の枝の武者震い見た　位置とり戻す

貧富の差別なく降る雪だからどんどん積もれ積もれば一色

東京で二十三糎以上の積雪は二十五年ぶりだという　夜に入って止む

農の哀歓

『写文集・農を歩く』刊行

『写文集・農を歩く』ができました　二十数
年来の農の哀歓

庭先に襁褓（おしめ）を干している家がない　バス停に
人のいるけはいがない

見捨てられた辺地の矜持とは何　手打蕎麦の
ぼってりした味

掘り返されて砕けた墓石は無惨　挙家離村の
傾いた軒

耕作放棄が続いています　それでも幟は五穀
豊穣・天下泰平

五穀豊穣・天下泰平の幟　庶民は痛烈な皮肉屋でした

農民の心にも雑草が生えました　減反時代が長くなりました

平成六年（一九九四）

東北地方を行く

平成大凶作

東北の凶作地帯から帰ってきた　土産は空っぽの稲穂数本

見渡す限りの水田に実った稲穂が一本もない信じられない

勿体ない勿体ないという言葉　絶えて久しい
飽食日本

わが家も自給体制とらねばならない　飢餓体
験はもう沢山だ

新潟産コシヒカリ十キロ六千円だという　有
機栽培だという手配する

北千住の米屋をのぞく　コシヒカリ十キロ七
千二百五十円とある　出来秋なのに

伝手を頼り念願のコメにありつく　徒労のよ
うな徒労でないようような

いざとなればサツマ芋サツマ芋の茎スイトン
　何でもござれ私は戦中派

稲作民族が米食にありつけないなんて　天
明・天保の話ではない

食べ残して若いカップルが出ていった　一度
凶作地帯を見てみろ

シーサーの顔

沖縄県那覇市

名刺に「現代の名工・高江洲育男」とある
粘土まみれの掌

おのずから製作者の顔に似るというシーサー
の顔　顔　顔

シーサー作りに賭けた男は隻脚だった　高江
洲育男は立ち上がった

那覇市壺屋通りに再会を約して別れる　厚ぼ
ったい掌

あれ！あんな所から見張っている　シーサー
が屋根に突っ立っている

木蠟の里

愛媛県内子町

さすがにここは子規のふる里　「俳句」という名の喫茶店

ホテルのロビーに投句箱がある　ボールペンがささっている

蠟にまみれた左手をぐっと差し出した　木蠟の里内子町

人なつこい目をして大森彌太郎は　記念写真を撮ろうと腰を上げた

ただ一人木蠟を継ぐ大森彌太郎は　右手でぐいと長髪をかき上げた

本居長世の集い

東京都上野奏楽堂

長世の集いが童謡復活につながるだろうか
来年は本居長世没後五十年

埋れている本居長世を復活させたい　金田一
春彦の言葉が熱い

眞理ヨシコが歌う　金田一春彦は指先でリズ
ムをとっている

身体をゆすって身体いっぱいで　安西愛子は
「なんだ坂　こんな坂」

金田一春彦が安西愛子のマイクを横取りした
総立ちで童謡のフィナーレ

赤米

鹿児島県種子島

赤米は豊満神社の御神米　『広辞苑』には下
等米とある
種子島空港で赤米餅を売っている　門外不出
のはずの赤米

二千年来作り続けてきたという赤米は　背丈
が高く実りが少ない

門外不出の赤米の種子ねだっては　研究者ら
が持ち出す話

種子島には水の不安がないという　高い山な
ど一つもないのに

伊勢神宮

三重県伊勢市

神宮では野菜栽培畑を御園という　栽培品種
八十を越す

かたくなに自給自足を守っていた　日に二度
食事召される　神は

土のものは土に返そう　伊勢の御神意

使用した土器は土に返します　日毎朝夕です

山が荒れ水が枯れ氏子が去る　誰が守るのか

という

共生の思想が伊勢の思想だった　創設二千年

白神山地

青森県西津軽郡

エゾハルゼミの大合唱だ　新緑の白神山地の
ブナ林深く

次々世代に残そうとブナの植樹をする　少年
の顔　老年の顔

新緑のブナ林が若さを誇示している　仰いで歩く

鳴けるだけ鳴くしかないと思い定め　エゾハルゼミの大合唱だ

龍泉洞

岩手県岩泉町

平成七年（一九九五）

辺地教育に己を賭けた高畠剛だ　泥まみれの
長靴姿だ

覗きこんだ龍泉洞の地底湖は水深百二十メー
トル　底の底まで見せる

へばりついた蝙蝠(こうもり)の標本を見た　目だけ黒く
て骨と皮ばかり

音立てて地下水は流れ飛沫を上げ　無遠慮に
身体に迫る

見ろ！自然は巧まざる彫刻家だ　人工美なん
て何のことはない

思わずふり返れば　地底湖のエメラルド色が
微笑している

黄葉の北上山地を横断した　高畠剛がキビ団
子くれた

阪神淡路大震災

兵庫県淡路島

「天下泰平」と刻んだ石碑が倒れている　天下泰平が倒れている

ぼこぼこの土埃だ　潰れた家が吐き出している

どうぞどうぞ潰れた部屋を見て下さい　スリッパを履いて下さい

大地だって人間と同じなんですわ　あんまりいじめて怒ったんですわ

一抱えもある石の鳥居が倒れている　台石だけ残った伊弉諾（いざなぎ）神宮

水のある溜池は消えた　水のない溜池に水が
たまった

アスファルトの舗装路がめくれあがっている
活断層がまだ動いている

活断層を震災記念にしようという　そうだ震
災を逆手に取ろう

被爆樹木

長崎県長崎市

片側にバイクがズラリ並んでいる　坂の多い
長崎の街
自分の被爆と被爆樹木を重ねている　竹下芙
美が案内役

黒焦げの木肌は無惨　保身の樹肉がもり上がっている

この柿の木が原爆から守ってくれました　いとおしそうに木肌を撫でる

被爆樹木一樹の治療費が凡そ三百万円　戸惑う所有者に私も戸惑う

ブッブツの瓦の表面　熱線で溶けて固まった原爆瓦

被爆遺構をめぐる修学旅行生　気軽にタクシーで乗りつけてくる

竹下芙美は食堂の割箸に手を触れない　持参の箸に両手を合わせた

原爆瓦は本棚に置いたまま　時に無言の圧迫
となる

香港クルーズ　　　　平成八年（一九九六）

ふじ丸

船旅は生命の洗濯と思っているらしい皆がそうだから　ウェルカム・パーティー

友船「にっぽん丸」とすれ違う　どちらともなく手を振っている

半分笑顔半分真顔　ふじ丸斎藤船長の海賊談義

青龍刀を頭上にかざして乗り込んでくる　東シナ海の海賊体験

「新宿の母」と同席だった　運勢を見ましょうという

「阪神大震災で人生観を変えました」　船旅
選んだ熟年夫妻

いきなり摂氏三十五度の香港だ　若者は半裸
で車運転

プラザホテルは豪華なホテル　ここから貧困
地帯は見えない

一般に値段が高いと妻はいう　返還前のかけ込み値段か

「中国返還になっても変わりませんよ」　香港ガイドは楽観的だ

慶良間(けらま)海のエメラルド色が眼前から離れない
　一か月後の妻との会話

ステファン・クーラーさん

岐阜県美濃市

美濃は卯達と和紙の町　長良川には灯台がある

和紙の里に飛び込んできたステファンさん

何を見ている

イタリア原産の濃いコーヒーを入れてくれる
　太陽がおりてくる

外人のステファンさんが訴える　日本の山河
守れと声あぐ

和紙原料の楮（こうぞ）、三椏（みつまた）から手がけている　ステ
ファンさんの蛇の目傘

和紙への愛着は日本への愛着とは別らしい
くるくると日傘かざして得意な表情

石灯籠がデンと腰を据えている　ステファン
さん好みの岡専旅館

宮沢賢治生誕百年

岩手県花巻市

「雨ニモマケズ」の詩が生活信条　賢治の教え子照井謹二郎

賢治の授業を昨日のように憶えていた　教え子年齢八十八歳

「農民の教師・指導者」　強調してほしいと
賢治の教え子

死の床で肥料相談に応じていた　賢治が憂えた農の将来

四ヘクタールの山林を潰して「童話村建設進行中」　宮沢賢治生誕百年

平成九年（一九九七）

悼　石川曉日君

東京都武蔵野市

曉ちゃん猶ちゃんと呼びあう仲だった　十四
歳下で先に逝くとは

同姓だから私が死んだと思ったらしい　順序
信仰があるらしい

お会いしたから思い残すことはない　縁起で
もないことを言ってくれるな

ベッドから力無い手をのべてくる　ひんやり
した手が気になる

神経質で責任感が旺盛で　仕事は全部かかえ
こんでいた

スナック「三茶」で「あゝ上野駅」を歌って
いた　集団就職者と同世代だった

どこか偏狭なところがあった　似た者同士か
も知れない

明朗で怜悧なご夫人がいる　職場結婚第一号
だった

赤いそばの花

北海道新得町

赤いそばの花なんて思ったこともない　この
目で見るまで疑っていた

ネパール高原とはどんな所だろう　赤いそば
の花咲かせる高原

「赤いそばの花に魅了されました」　古希近
い廣瀬社長は童顔となる

ネパール原産の赤い花咲くそばなんです　試
作品ですご試食下さい

夜神楽

宮崎県高千穂町

集落毎にえんえんと続く夜神楽だ　闇路を抜けると神が舞っていた

あゝ雪だ雪が高千穂峯からおりてくる　いま神々とは何だろう

民族には民族のロマンがある　高千穂峯から
雪が舞ってくる

ここにくると神話の神々が生きている　まる
で親しい隣人みたいだ

神話にある神々の名が部屋の名になっている
今夜はぐっすり眠ろう

襟裳岬

北海道幌泉郡

平成十年（一九九八）

亡びるものは亡びたらいい　何かが見えて何かが見えない

虚飾のない世界がいい　雪はサラサラ飛ぶのがいい

北の世界は閉ざされていた　雪原に獣の足跡
ばかりが続いた

襟裳岬は氷雨のなかですくんでいた　私は一
本の枯草となる

北国の川を鮭が遡上する　北国の体温はぐん
ぐん上がる

母国の川へ回遊してくる鮭だ　習性といえば
習性だが

見る程のものは見てきた　地吹雪には身をか
がませる

飼われている獣は丸丸と太っていた　北国の
精悍さは昇天した

平成十一年（一九九九）

近藤康男先生

東京都練馬区

百歳を迎えた先生を訪う　何故か気持が高ぶってくる

『貧しさからの解放』の著者　近藤康男先生今年百歳

百歳の先生が本をだされた　本のタイトルは
『七十歳からの人生』

「百歳現役」の先生は七十歳以後　著書十八
点

脈絡もなく質問した　脈絡はあとでつければ
いい

悼　信夫澄子さん

神奈川県藤沢市

あやめが咲いている間にあなたは逝った　あやめは私の郷里の花

確実に毎月選歌を続けていた　気にしながらも安心していた

後任の短歌選者に私を指名した　いやもおうもない　あなたはいない

上京以来一番長いつきあいだった　黙って去った

短歌一筋の生涯だった　去る者は追わずで通した

信夫清三郎、澄子夫妻を潮来町へ案内した
関戸覚蔵碑の前で並んだ

覚蔵碑文を読んでうなずいていた　横顔が微
笑んでいた

ふるさとはあやめの季節　私はあやめののれ
んを下げた

島の人生　平成十二年（二〇〇〇）

北海道奥尻島

浪岡町子のワゴン車に妻と便乗　「北の沖縄」奥尻島めざす

無雑作にもぎとられてきた楤の芽が　ほどよく揚げられ膳にでている

酒飲めば昂然として奥尻の自然賛美する　蠣
崎健は

酒やけしたのか潮やけしたのか　蠣崎健の豪
快な酒

行者大蒜（にんにく）、楤（たら）の芽、笹の子、雲丹（うに）、𩸽（ほっけ）、どん
と置かれて食卓満載

今日初めてあう人たちは大津波を逃れた人たち　みんな朗らか

民宿の女主人は早朝から　山菜採りに出かけたっきり

神威脇温泉の客はまばらだ　身体沈めて奥尻旅情

酒が入ればおのずから大津波の話になる　大
津波が酒の肴になる

焼いて煮て、シャブシャブ、刺身、蒲鉾など
鮀一尾が多様に変身

奥尻島以外では車を運転しないという　蠣崎
健ははっきりしている

日本の心　　　　　　　平成十三年（二〇〇一）

生きとし生けるものに霊魂ありという古代の心　日本の心

一方で米食礼賛一方が減反強行　矛盾に生きる

そんならば米を食わずにいられるのかと聞き
たくなった　隣りの会話

粉飾をふるいおとして裸木立つ　裸木には裸
木のたしかな決意

生命ありて二十一世紀を迎えたり　期待と危
惧と交錯しつつ

嫁さん求む

東京都足立区

実名で嫁さん求むのビラが貼ってある　二〇〇〇年歳晩北千住路地

母七十一歳子四十五歳筑波山麓　嫁に来ませんかのビラ片々

〝農機具は全部揃ってます果樹園もあり環境
良好〟　嫁さん求むのビラの内容

「嫁求む」が「御礼」のビラに変わっている
北千住路地の新春

『北越雪譜』の世界

新潟県南魚沼郡

『北越雪譜』の世界はこれか　裸木は雪女郎
となって佇っている

雪原に獣の足跡もない不安　雪原は雪原で自
己完結する

朝起きれば朝起きるごとに雪が降っている
諦念がしのび寄ってくる

わが四肢はどんなにのばしてもしれたもの
岩風呂に浮く枯葉一葉

この雨は間もなく雪にかわるという　雪に降
られて帰ってきたのに

桜島

鹿児島県鹿児島市

桜島の噴煙は急がず騒がず　動かないようで
動いている

少しでも維新の心を吸っていよう　桜島をみ
つめていよう

手元にあった『南洲遺訓』が手元にない　西
郷星となって飛んでいったか

新規入植者

北海道白滝村

線路もホームも雪の平面　駅員がかけつけて
くるスコップ肩に

岡田夫妻は大雪山系の傾斜地に入植　夫婦相
和し明朗快活

農業の位置が低いのは悔しいと　北の大地の
新規入植者

電話のベルがけたたましい　電話とる声はそ
れより大きい

酪農から肉加工品販売まで　雪を飛ばして宅
急便くる

早出しジャガイモ

愛媛県宇和島市

急傾斜の石垣畑の頼りなさ　よろけながら登るぶざまな自分

「先祖の石垣畑捨てられんでな」　小川康夫

は七十一歳自信のジャガイモ

十一月播種三月収穫　早出しジャガイモの本
拠を誇る

宇和島の粒々辛苦のジャガイモが贈られてき
た　夕食の膳

平成十四年（二〇〇二）

憶　石川文之助

福島県いわき市

勇奮太刀を背負い　水戸天狗党の隊列に入る

年少十九歳のゆえ諭されて　隊列を離れ山中

彷徨

道中笠に「天下敵無シ」の文字　幕末少年の
気概横溢

目の配り身体のこなし尋常ではない　旅籠の
主人の浪人観察

漢方医の本がある　読んで下され　このまま
村に残って下され

有力者に懇望されて村に残り　漢方医となり
医療に尽くす

子も孫も医業を継ぎ　文之助は辺地医療の開
祖となる

大正期に撮った写真があった　文之助夫妻の
ごつごつした指

三代前の祖に水戸天狗党員がいた　いわき市
三和町に子孫を訪ねた
赤ひげ先生だったようです　控え目に語る子
孫の言葉

白内障

本を読む気力が極度になくなっていた　白内障と宣告される

若葉とはこんなに美しかったのか　手術三日目のまなこを開く

路地の奥まで見えるようになった　路地には
路地の奥があった

ぼんやりしていた本の背文字が見える　背文
字が並んで迎えてくれる

白鳥再来　　　平成十五年（二〇〇三）

茨城県潮来市「かんぽの宿」

今年もまた白鳥がきたと伝えてくる　北浦湖畔から従妹の誘い

白鳥でもあいにゆくというのだろうか　湖畔へ続く坂道下る

白鳥飛来など思ってもいない湖にこっちを向いている　白鳥の顔

搗き立ての草餅、あん餅、きなこ餅、湖畔の宿の昼の祝宴

旅に出ても日々のニュースが気にかかり　耳に押し当てる携帯ラジオ

一階のロビーに降りて妻と見る三面記事は
見出しで済ます

上京前に勤めていた新聞がある　なつかしそ
うに妻は見ていた

鍼灸でも湯治場でも何処でもいい　妻の足腰
なおらぬものか

実家から従妹の車が迎えにくる　助手席には
三人目の孫

ふるさとの北浦は早朝から快晴だ　つがいの
小鳥が庭にきている

窓枠にカマキリは爪先だっている　カマキリ
はいつも身構えている

ふるさとの湖に白波が立っている　湖底伝説
は湖底のままに

田の神はいずこにおわす　幣（ぬさ）掛け絶え沃田は
いま休耕荒蕪地

ふるさとの田圃に立てば田の底から足の裏か
ら　伝いくるもの

越冬カンラン

北海道和寒町

収穫したカンランは畑に並べるだけ　あとは
雪の積もるを待つだけ

積雪一・五メートル　氷点下二十六度　掘削
機もすぐには稼動しない

二ヘクタールのカンラン畑は積雪の下　目印はか細いポール一本

掘り出した越冬カンランの瑞々しさ　まるで仕掛け手品だ

沼田さん夫妻はすでに六十歳　「娘は越冬カンランを土産にするだけ」

小林晟氏個展

茨城県潮来市

潮来町の市制記念に開かれた小林晟個展に急ぐ

波立つ日は波立つままに　君が描く霞ヶ浦も波立っている

この構図は銚子の外川海岸か　漁家ひしひし
と怒濤と対峙

交友六十年　君は初心を貫いて画筆で描く故
郷の山河

車窓から個展会場ふり返れば君は入口にまだ
立っている

平成十六年（二〇〇四）

生命新たに

戦争と飢餓を刻印として生き延びて生命新たなり平成十六年

ふるさとは海と湖とに囲まれて農の一字にこだわり生きる

臍の緒の如くつながるふるさとの土から生れし伸し餅五枚

廃れたる汲み井戸際の柚子の木の柚子そえて届く新年の餅

平成十七年（二〇〇五）

風葬墓

沖縄県石垣島

石垣島平久保半島の東北部安良村跡は冥冥

ガジュマルは琉球石灰岩の崖を包み　崖のくぼみに頭蓋骨いくつ

石膏で固めたような頭蓋骨ひとつさらされて
いる洞窟深く

明治末まで浜崎家が住んでいたという安良村
跡　覆うガジュマル

放棄した牧場跡に馬がいる　肋骨まるみえの
痩せ馬がいる　雨水をすゝっている

眼下に目の覚めるような沖縄の海がある　海
は無心に輝いている

帰宅して仏壇の扉を開く　風葬墓が頭にこび
りついている

岳の湯温泉

熊本県小国町

熊本県小国町は小国杉の里　木造建築を誇る山国

岳の湯、峐（はげ）の湯は湯煙りの里　千五百メートルの湧蓋（わいた）山麓

暖房も料理も椎茸栽培も地熱利用と　言葉なめらか

掘炬燵の中に味噌瓶を伏せている　味噌瓶は地熱を抑え込んでいる

嫁さんは関東秩父の出身だという　同じ山国でもここは湯の国

子育てにこんないい所はないという嫁に　かたわらにいて微笑む姑

湯煙りの中をのぞけばふつふつと卵が揺れている　岳の湯温泉

鯉異変

霞ヶ浦・北浦

霞ヶ浦・利根川の鯉が食べられないなんて
考えたこともない考えたくもない

ヘルペスだかカルピスだか知らないが　鯉が
食えぬとは前代未聞

養鯉業者の怒声が耳から離れない　茨城訛り
は郷土の訛り

店頭にある筈の甘露煮鯉こく洗いがない　全
面廃棄のニュース

掛軸のなかでは鯉の瀧登り　鯉よ掛軸のなか
でよかったなあ

五十五歳の旅立ち

千葉県佐原市「伊能忠敬記念館」

人生わずか五十年時代のこと　五十五歳で旅
立った男がいる
歩いて歩いて四万キロ　十七年かけた伊能忠
敬の大地図

自分の手と足で書き上げた伊能図だ　手作りの迫力に圧倒される

伊能図をどう見たのだろう　小学生の一団の明るい笑顔

往復三十二キロを歩いていった　小学生時代の忠敬発見

伊能忠敬旧宅前の小野川に観光船がすべりこんでくる

二百年以上も続く小堀屋本店　忠敬も食べただろう名物黒そば

加藤剛の扮する伊能忠敬は　背筋伸ばして歩幅を定めた

悼　平塚ミツさん

神奈川県川崎市

燃えつきるだけのいのちしか残っていなかったのか　精一杯の夕陽

クビを切り過ぎた残ってほしいという　私は辞めますと席を立った

人員整理のなかにあなたもいた　それがあなたとの縁になった

例年母親大会の取材に行った　あなたは丸岡秀子に傾倒していた

農業疎外の世の中だからそんなの駄目よとペンを握っていた

嫁姑の問題に鋭く切りこんだ　何度も原稿を
書き直していた

原稿を書き直すそばに私はいた　あなたの気
魄を私は貰った

吾亦紅　撫子が店頭に並んでいる　鬼籍の人
だなんて思いたくない

ワープロ

ワープロは便利と娘が持ち込んできた　ワープロ一式が机を占領

ポンポンとキイを叩いても使いたい文字は欠字　手数がかかる

ワープロに文字教われば半分はワープロのもの　文字も歌も

教え子に直木賞候補作家がいるという高校ゆえに　娘は多弁

戦争未亡人

座っている座っているから立ち上がる　立ち
上がるとき歴史を背負う

靖国は心の中で祀ればいい　戦争未亡人がい
ま危篤です

近所には知らせずに入院しているという　戦
争未亡人は八十七歳

泥田の中を這いずりながら生きてきた　一人
娘は田圃で育てた

耐えに耐えた　耐えて生きることが生きるこ
との支えだった

戦争未亡人の噂を聞かなくなった　ものいわ
ぬ民で済ませますか

昭和天皇皇后の御真影を掲げている　人影の
ない客間の壁

熊野古道

和歌山県新宮市

「蟻の熊野路」とは誰の造語だろう　一匹の
蟻となって辿る熊野路

熊野路の沿道に貸し物の女官衣裳がある市女
笠がある　娘がのぞいている

熊野詣に女人禁制はない　行楽気分の老若男女

現世安穏　後世極楽　蟻の熊野路はふところ深く庶民歓迎

一神教より自然崇拝の教義がいい　鎌倉積みの大門坂物語

「空青し山青し海青し」とは佐藤春夫の言葉
実感しながら辿る木の国

吉良三人衆

愛知県吉良町

飄然と故郷を出てゆく青成瓢吉だ　朴歯(ほおば)下駄の音がしてくる

流石は吉良仁吉の菩提寺　「義理と人情」の大標示板

吉良町では今でも吉良さんと呼んでいる　吉
良義央は地元の名君

赤馬に乗って領内を巡行したという　吉良様
偲ぶ「銘菓赤駒」

吉良義央　吉良仁吉　尾崎士郎　吉良三人衆
の町は静謐

一台の観光バスが入ってきた　騒音を連れて
入ってきた義央菩提寺
義央の善政の跡「黄金堤」の桜の巨木は地に
伏している

鮒

茨城県潮来市

平成十八年（二〇〇六）

体長約二十センチの鮒が並んでいる　北利根河畔潮来のスーパー

得意げに鮒の煮方を教えてくれる女主人は同年輩か

洪水後の水田に残った鮒の群れ右往左往して
その慌て振り

鮒の煮付けの骨一本もそこなわずこれ見よが
しの友の得意顔

鯉鮒と聞けば泥臭いといい捨てる　泥臭く育
ったわが少年期

何が何でも臭いを消せばいいと思っている
個性は消すな

脱藩の道

高知県梼原町

太平洋の描く思いとは何　龍馬像は懐手して
毅然と立っている

今の若者に通じるだろうか　龍馬像を建てた
地元青年の意気

坂道を烈風で押し上げられてきた　坂本龍馬
脱藩の道

山頂から体当りしてくる風は　維新の風か
自由の風か

民宿「友禅」の女主人は七十五歳　十余年ぶ
りの邂逅

仏像を彫り切り絵を作り太子堂を建てた　敦
煌に心通わす貴女は

山の辺の道

奈良県奈良市〜桜井市

憧れて山の辺の道たどるとき沢蟹ひとつ己をさらす

少年の心に宿った白鳥伝説が甦ってくる山の辺の道

「大和は国のまほろば」と歌い白鳥と化して
翔び立つ心

初めて見た山なのに初めて見た山とは思えな
い三輪神奈備山

暑い時は熱い麺類がいいという「まほろば饂(う)
飩(どん)」は湯気立つ饂飩

桜井の鄙びた宿の客は私だけ　草臥れている
扇風機　クーラー

蜻蛉（あきつ）島大和国の古称を思う　蜻蛉が多い山の
辺の町

利根川

ふるさとにきて遠ざかるふるさとを実感して
いる　河畔の小径

そこの角まがれば友の家があった　門柱に姓
だけ残っていた

満身で朝の光をはね返している　利根川は今日も生き生きしている

わが胸に流れ入るとき利根川は　波立っている　音立てている

利根川はわが出発点　利根川はわが終着点と思う　このごろ

湯治客

富山県朝日町「小川温泉」

周辺にスーパーも食堂もない　富山県小川温
泉は日本海に向く

温泉から見る日本海は平穏で　小舟一つを浮
かべているだけ

妻は相客と話し込んでいるらしい　大浴場から戻ってこない

コツコツと杖をつく音が聞えてくる　ドアの外に妻が立っている

大広間に並んだ湯治客は老婦が多い　お膳の下から足が伸びている

正座が無理だから老婦は足を投げている　老
妻は座椅子を所望

海が近くなれば自然に足がはずんでくる　日
本海は目の前にある

道祖神

平成十九年（二〇〇七）

そこにいるのは誰　道祖神が微笑んでいるふるさとの道

幾世代経たかは知らずふるさとの庭に根を張る　一本の松

新しい世代のびのびと成長して飛び出してく
る正月帰省

山の辺の道を歩いて身近になった　万葉歌人
の国賞めの歌

一木一草に神が宿るという　遠祖らの祈禱(いのり)
平和の祈禱

わが家の新年会

新潟県瀬波温泉にて

われら夫妻は食糧難時代の生き残りお茶お握りは旅の必携品

妻のリュックは打出の木槌かみかんせんべいリンゴ日本茶ハイおつまみ

元日の御神酒樽酒鯛数ノ子赤い襷がめまぐるしい

鉢巻きキリリ奴踊りの町子さん嫁の友人友愛ＫＫ社長

敏の弾くバイオリンはトゥーランドット部屋全体が耳になっている

夕陽は夕映えの宿に挨拶し見つめる私たちに
も挨拶する

積雪に備えた準備は空振りだったお荷物とな
った厚手のセーター

四年振りで回遊してきた鮭の面構えよし軒に
下げても

犬吠の太郎

銚子市暁鶏館にて

犬吠の太郎を思う犬吠の海岸に空缶叩いていた犬吠の太郎

犬吠の太郎に好意を寄せていたお染さんお染さんの行方を知る人はいない

光太郎と智恵子犬吠の太郎とお染犬吠の太郎
にひかれた光太郎の詩

煙草好きの犬吠の太郎は小間使いの役引き受
けて煙草の煙り

犬吠埼旅館の草分け曉鶏館妻を誘ってゆく窓
の漁り火

わが家

五十歳過ぎて車の運転免許取得足の悪い母に
優しい敏

魯迅選集の各所に頤髭がついている受験生時
代の敏の遺物

敏は中国語の通訳資格を持っている中国人だ
と思っていたと私の知人

教え子が坂本冬美に似ているという思わず見
つめる順子の横顔

あれこれと日本酒の味を聞いてくる返事に困
る順子の電話

渡辺順三はわが短歌の師順子の順は順三の順
順三篇『烈風の街』が載っている古本屋でみ
つけた現代歌集

お茶だテニスだ演劇だ好奇心旺盛なのがいい
柳原病院勤務の百合子

手ぎわよく酒のおつまみととのえて運んでく
れる帰宅後の嫁

夜勤明けて帰宅したかと思う間もなくラケッ
ト肩に出かけてゆく嫁

嫁の百合子はわが家の光り敏が選んだ百合子
が光り

八十歳過ぎても十歳以上若く見てくれる妻の
振舞やはりうれしい

一点に集中していい反芻していいその言葉正
鵠だから胸に落ちてくる

妻との位置息子娘の位置それぞれにかなめと
なっているわが妻の位置

寛よ素直なのはいいこの次は自分の殻は自分
で破れ

北千住の春

平成二十年（二〇〇八）

鉈彫りの人麻呂座像床の間に据え共に寿ぐ北千住の春

いてくればいいいいなければ歯が抜けたよう妻の存在

ツーカーで通じるのは妻しかいなくなった戦
中戦後を駆けた老いの夫婦史

一本の心張り棒を抱いている土着の民の心張
り棒

日本脱出したしと思えども大地鋤く農耕民の
末裔われは

職場の同僚

老後のためにとわが職歴刻明にたどってくれた豊田武彦

わが年金の恩人は豊田武彦机並べた職場の同僚

剛直で職務一途の豊田氏社保庁職員よ豊田を
見習え

もう限界だというグラグラしてきた奥歯の痛
み八十三年目の別れ

身体の中でも別れてゆくものがある抜いた奥
歯の光る金冠

身体髪膚これを父母に受くの句が浮かぶ社会面に見る殺傷事件

新自由主義ワーキングプア蟹工船時代閉塞平成三題噺

ふるさとの土

茨城県行方市根小屋

いつきても何かの花が咲いている玄関先にも
畑の隅にも

ふるさとの土あたたかく妻と二人舌鼓うつ鯉
こくと鯉のあらいと

恭二直枝夫妻がいてふるさとの実家は堅固炬燵の歓談

なっちゃんは小学一年生トランプ遊びにすっかり夢中

相手に残ったのはババ一枚なっちゃんの笑顔がはじけた両手で万歳

妻と踏むふるさとの土やわらかく無農薬野菜
ににぎわう夕餉

地産地消が実家の方針茄子胡瓜トマト紫蘇の
葉届く

歌謡碑

津軽半島竜飛崎にて

重なりあっている白紙この白紙どこまで埋め
られる旅の独白

潔く葬り去りたい想念があるさい果ての地に
埋めてゆけるか

竜飛崎灯台見上げ笹原の繁りに分け入る断崖
を背に

これといってとりとめのないわが思いのみこ
んで立つ竜飛崎巌頭

年間平均風速十メートル山頂に数基の風車が
居直っている

津軽海峡冬景色の曲が流れてくる五線譜が風
に舞っている

風にちぎれて流れる曲をつなげてゆく口ずさ
んでいる

小高い丘に吉田松陰の来訪碑が建っているこ
こまで歩いてきた憂国の情

不敵な面構えを見せる巌頭に北の守備隊という傷痕の碑

竜飛漁港から舞い上がった鷗が二羽窓をかすめる偵察するがに

生酒一本イカの刺身と海峡ラーメン竜飛ホテルの一人の夕餉

竜飛崎の風に逆らって歩いている黒い防寒衣
が歩いている

人気なく低い屋並みが櫛比する三厩海岸の霧
深い朝

蟹田行きの早朝電車の震動が身体に伝わり私
も始動

やっと出会えた竜飛崎にも別れてゆくだけ別
れの言葉を残してゆくだけ

竜飛崎のわが文字読んで竜飛崎に行ってみた
いと友の音信

ヒロシの世界

昭和五十八年（一九八三）
〜平成四年（一九九二）

人間が二本の足で立つ前のしぐさに入った
ヒロシの世界

ジャングルの主かお前は　椅子　テーブルの
林這い抜け　ヒロシの世界

日中友好の桜を贈る使者としてお前の父だ
電話だ　北京だ

音すれば音　物うごけば動くその方へ顔向き
変える　背に負うヒロシ

ホウとなったホウホウと鳴った初めて吹く笛
を双手に捧げて　ヒロシ

見開いて目ばたきもせず電車の窓にしがみつ
いたまま　ヒロシの世界

日比谷線東武線成田線みな見分けして山手線
が好き　ヒロシのゴ散歩

ヒロシが専ら話題の星だ　誰もかもヒロシの
ことでは話題統一

志士の孫娘

わが内なる檻褸（らんる）の旗は風無くも音立てて鳴る
虚栄の市に

初めての電話なのに憤慨して伝えてくるあれ
でも民権研究者かと

I・S氏の娘と告げてかけてきた長い電話の女の主張

志士意識が持つプラスとマイナスの落差を思う雨の日曜

このごろまたざわめき止まずいつよりかわが内に立つ蓆旗

そち向きの娘の尻のそち向きの親爺の尻の
燗はまだかね

加波山事件の志士の孫娘祖父の写真を抱きて
あらわる

五十川はいかがわと読むと教えられ国士然た
る写真に対す

貧するも貪するなかれと口ぐせにいっていた
という五十川元吉

絶えてゆく日本の旧家の物腰の柔よく剛を制
する姿勢

居酒屋

訪ねていった居酒屋の主人も礒山清兵衛を知
らず水戸天狗党のこと

意外に多い女性の顔だ先人に寄せる思いをお
しはかり立つ

問いかければうなずいている埋れている関戸
覚蔵のこと礒山清兵衛のこと

ひたざまに問いかけるときいっせいにひたざ
まな目だ　これだ

「清政」の主人夫婦と親しくなり湯豆腐をつ
つく潮来の地酒

「お祝いのお餅だからどうぞ」という　やわ
らかな餅が手にあたたかい

北利根の堤防にきて長いこと腰を下ろしてい
た　そしてどうする

起きだしてひざに手を置く目の前にもののた
まわぬ亡父のおわすに

変革の志士ら輩出せし人脈のたどればそこに
利根は流れる

利根を発つ水鳥のゆくえどこまでも見つめて
おれば光となりぬ

『江戸時代』を読む

信夫清三郎先生著

今更ながら思い知らされるわが視野の狭さ開けと『江戸時代』読む

賜わりし『江戸時代』開き閉じ開きこの本はわれに迫る黒船

日本人は小銃を好み中国人は大砲を好むとい
う陳舜臣は

黒船来航に右往左往せし見聞記手元にあれど
読み取り難し

尊王攘夷のバイブルといわれた『新論』の英
訳があるというかの『新論』の

目先の利益にあたふたしている日本の現代を撃つ英訳『新論』

旅のマッチ

ここに一人草莽に生き草莽を引き継ぎ生きて
男の墓碑銘

野に伏して生きたる父の著書一つ胸に抱きて
老ゆるいのちか

ウインドウレス鶏舎の論理寸分のすきもなけれど鶏は生きもの

表情なき鶏の目の悲しさはただせわしげに鶏冠ふるのみ

自然に学び伝承食品に学ぶという当然のことを新鮮に聞く

踏みてきし万里の山河ほうふつと旅のマッチ
の両掌に溢る

終わりなき旅の証か手にあまる各地各様の図
柄のマッチ

あとがき

父は全国農業新聞の記者で、同紙の短歌欄では選者を任されていました。自分でこの歌集を出版したかったのですが、かないませんでした。父は原稿の準備をしたまま、手を止め、そのまま平成二十四年に亡くなりました。去年母も他界し、原稿だけが残りました。

長男夫婦は歌集とは縁もなく困っているところ、友人の中村典子さんが六花書林を紹介してくださったので、出版できる目処が立ちました。題は原稿になかったため、第一集の名前を受けて「風と樹とⅡ」としました。

今まで全く読んだことがなかった父の歌と初めて向き合うことになりました。父の歌には、花鳥風月ではなく、身の回りの美の発見でもなく、飲酒の喜びでもなく、取材に行った各地農村のこと、家族のこと、晩年を過ごした北千住のまちのことがまるで日記のように書いてありました。

この歌集の出版を期待して、妻百合子の友人の中村町子さんはかねてより後押しをしてくださいました。ここに感謝申し上げます。そして六花書林の宇田川さんは歌に出てくる固有名詞のチェックなどを始め、必要な諸手配を全部してくださいました。ここにお礼申し上げます。

また、いい出版社を紹介して下さった中村典子さんにお礼を申し上げます。

令和三年七月

長男　石川　敏

石川猶興（いしかわ・なおおき）(1925-2014)

茨城県麻生町生まれ。

「いはらき」新聞を経て上京、新聞・出版の編集に従事。

1970年『加波山事件関係資料集』（三一書房刊）に『加波激拳録』収録にさいし「父と加波激拳録の周辺」を書く。

1988年『関戸覚蔵顕彰碑碑文』執筆。

思想の科学研究会、人間詩歌にて活動。

著書
『故郷発掘』（1969年・国文社刊）
『利根川民権紀行』（1972年・新人物往来社刊）
『風雪の譜』（利根川民権紀行を改題再販・1981年・崙書房刊）
『天狗党と民権』（1982年・三一書房刊）
『利根の記憶』（1989年・崙書房刊）
歌集
『風と樹と』（1965年・全国農業会議所刊）
『次の駅まで』（1976年・創造書房刊）

風と樹と Ⅱ

令和３年９月16日 初版発行

著 者――石川なおおき

発行者――宇田川寛之

発行所――六花書林
〒170-0005
東京都豊島区南大塚３－24－10 マリノホームズ１A
電 話 03-5949-6307
FAX 03-6912-7595

発売――開発社
〒103-0023
東京都中央区日本橋本町１－４－９ フォーラム日本橋８階
電 話 03-5205-0211
FAX 03-5205-2516

印刷――相良整版印刷

製本――仲佐製本

定価はカバーに表示してあります
ISBN978-4-910181-21-9 C0092